C'era una volta una piccola cagnolina di nome Dadoll...una mattina si sveglia, si guarda allo specchio e... Indovina? Che giorno è oggi?

LUNEDI' vai a pagina 2
MARTEDI' vai a pagina 3
MERCOLEDI' vai a pagina 4
GIOVEDI' vai a pagina 5
VENERDI' vai a pagina 6
SABATO vai a pagina 7
DOMENICA vai a pagina 8

Il solito LUNEDÌ! Ma oggi è il primo giorno
della scuola materna. Tanti bambini non vedono
l'ora che arrivi questo giorno per andare dai
propri amichetti e giocare con un bellissimo
trenino. Ma per quelli delle scuole elementari è
diverso: il Lunedì non è il giorno più bello.
Troppi compiti.
Mi dispiace hai perso.

Torna a
pagina 1

2

MARTEDÌ è il secondo giorno della settimana.
Forse Martedì grasso. La piccola cagnolina
come potrebbe divertirsi?

Un MERCOLEDI' DA LEONI,
ma per la piccola Dadoll assolutamente NO!

Torna a pag 1

4

Il GIOVEDI' come tutti gli altri giorni della settimana la piccola Dadoll va a scuola alle ore 8.00. Dadoll vorrebbe comprarsi un nuovo gioco all'uscita da scuola, ma i negozi sono chiusi. Questo GIOVEDI' di Febbraio è un giorno speciale. Cosa deve fare?

DORMIRE vai a pagina 9
GIOCARE CON I SUOI AMICHETTI vai a pagina 10
CANTARE vai a pagina 11
BALLARE vai a pagina 12
ANDARE A FARE I COMPITI vai a pagina 13
ANDARE AD UNA FESTA vai a pagina 14

Il **VENERDI'** di solito la piccola Dadoll va a fare la spesa con la nonna dopo la scuola. Mi dispiace hai sbagliato.

©2013, by Pamela Tinti

6

Torna a pagina 1

Il SABATO

La piccola Dadoll di **SABATO** va al parco, ma oggi non è Sabato. Hai sbagliato oggi è un giorno speciale...

La DOMENICA giorno di riposo.
DORMI!

La piccola Dadoll aveva giocato tanto a scuola e dopo essere arrivata a casa, davanti alla TV, si era addormentata.

Torna a pagina 5

Dadoll è stata invitata dal suo amichetto
preferito ad andare al parco di fianco a fare i
giochi sullo scivolo e mangiare un gelato.
Ma la piccola Dadoll a scuola aveva sudato
tantissimo e per evitare di prendersi il
raffreddore deve tornare a casa a farsi il bagno
immediatamente.

Torna a pagina 5

È il giorno della recita scolastica e la piccola Dadoll si mette a cantare insieme ai suoi compagni di scuola. La canzoncina natalizia era stata organizzata dalle maestre già due mesi prima e lei non poteva assolutamente mancare. Mi dispiace non siamo a Dicembre.

Torna a pagina 5

11

È un bellissimo giorno d'estate e la maestra di psicomotricità ha programmato un bel ballo di gruppo anziché la solita lezione con le palle e le corde. Quindi musica maestro e balla anche TU!

Mam...

12

torna a pagina 5

Dadoll ha preso una nota a scuola. VAI a studiare.

Ebbene si, siamo a Febbraio ed è proprio giovedì grasso. La piccola Dadoll non vede l'ora che arrivino le ore...

12 vai a pagina 15
14 vai a pagina 16
16 vai a pagina 17
22 vai a pagina 18

... per andare alla festa.

È ora di pranzo, hai fame?
VAI A MANGIARE
Se vuoi...

Sono le 14.00. Dopo mangiato di solito Dadoll
va a dormire un oretta per riposare.

16

Torna a pagina 14

La piccola Dadoll deve aspettare le ore 16.00 perchè, finita la scuola, la sua mamma la va a prendere per andare ad una festa di carnevale in una palestra lì vicino.
Come deve vestirsi?

ZUCCA vai a pagina 18
FANTASMA vai a pagina 20
STREGA vai a pagina 21
COCCINELLA vai a pagina 32
TORTA vai a pagina 33

Sono le 22.00 è ora di andare a dormire.
DORMI!

Torna a
pagina 14

ZUCCA?
Tutta gialla, grande e grossa? NO sbagliato

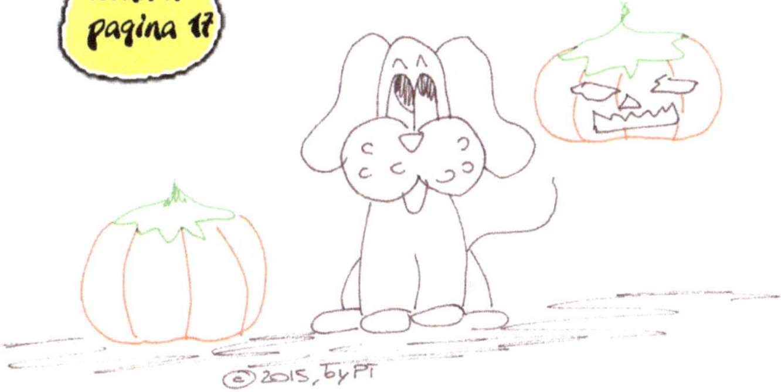

FANTASMA?
Bianco e triste? NO sbagliato

Torna a
pagina 17

20

STREGA?

Ebbene si, mette un pò di colore rosso sulle quance grosse e un bellissimo cappello da strega a punta nero e viola. La piccola Dadoll è pronta. Appena arrivata in palestra trova tutti i suoi amichetti che la aspettano per fare i giochi. Secondo te cosa dorranno fare?

<table>
<tr><td>LABORATORI</td><td>vai a pagina 22</td></tr>
<tr><td>GIOCHI DI MOVIMENTO</td><td>vai a pagina 23</td></tr>
<tr><td>DORMIRE</td><td>vai a pagina 24</td></tr>
<tr><td>MANGIARE</td><td>vai a pagina 25</td></tr>
<tr><td>SENTIRE MUSICA</td><td>vai a pagina 34</td></tr>
</table>

Una bellissima maschera di carnevale fatta con cartoncino e tanti glitter colorati appiccicati sopra? Non serviva la maschera, tutti erano truccati e con tanti bellissimi vestiti.
SBAGLIATO

La piccola Dadoll è pronta per correre,
saltare e divertirsi con tutti i suoi amichetti.

Dormi pure è ora! NOTTE!

Torna a pagina 21

Mangia, mangia... e non giochi?

La piccola Dadoll si mette a saltare, con la palla, lanciare tanti dischetti colorati. Secondo te qual'è il gioco che le è piaciuto di più?

GIOCARE A PALLA vai a pagina 27
PASSARSI LE PALLE vai a pagina 28
SALTARE SUI MATERASSI vai a pagina 29
LANCIARE PALLINE DI SPUGNA AI SUOI AMICHETTI vai a pagina 30
NASCONDINO vai a pagina 31

Ma nooo!!Il solito gioco che fanno tutti i cagnolini, tutti i giorni. Oggi è un giorno speciale! NO sbagliato!

Torna a pagina 26

© 2014, by Pamela Tinti

27

Tutte le volte che toccava la palla con la zampetta si inciampava sempre...
NO SBAGLIATO!

Purtroppo i materassi erano stati usati per altri giochi. NO SBAGLIATO!

Torna a pagina 26

Le palline di spugna erano tutte rovinate e non erano state buttate via! PECCATO SBAGLIATO

©2013, by Pamela Tinti

Nascondino! In palestra gli animatori hanno preparato tanti bellissimi nascondigli usando dei materassini sottili e facendo delle piccole casette a forma di igloo. La piccola Dadoll ha corso tanto e si è divertita. Ma cosa hanno nascosto gli animatori?

PALLE   vai a pagina 35
BIRILLI   vai a pagina 36
OSSA   vai a pagina 37
DOLCETTI   vai a pagina 38

COCCINELLA

Peccato il vestito è troppo stretto e la piccola Dadoll deve sceglierne un altro.

TORTA

Purtroppo il vestito da torta è troppo grande. Lo userà il prossimo anno.

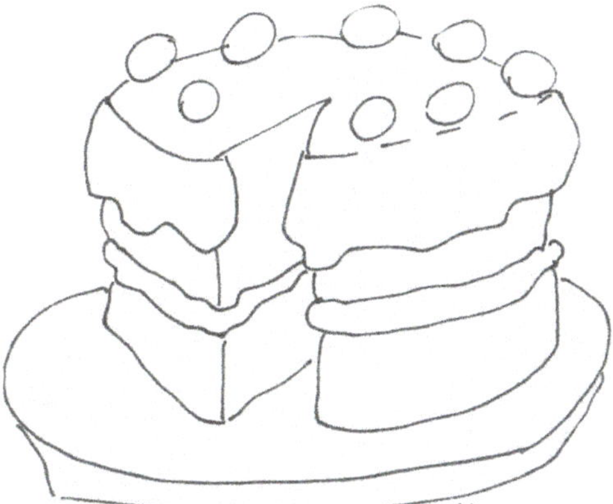

© 2013, by Pamela Tinti

Torna a pagina 17

33

SENTIRE LA MUSICA

Tante canzoncine per bambini sono adatte per saltare e ballare, ma dopo dieci minuti la piccola Dadoll si stanca e vuole farem??

34

Torna a pagina 21

PALLE

Erano grandi e non ci stavano sotto le casette. Sbagliato...

© 2014, by Pamela Tinti

BIRILLI

I birilli non passano sotto le casette e servono solo per fare il bowling.
Sbagliato...

36

torna a pagina 31

OSSA:

Gli animatori avevano ritagliato delle ossa di cartoncino colorato, di colori diversi: rosse, gialle, blu, verdi e nere e ogni partecipante doveva trovare il maggior numero possibile di foglietti per far vincere la propria squadra.

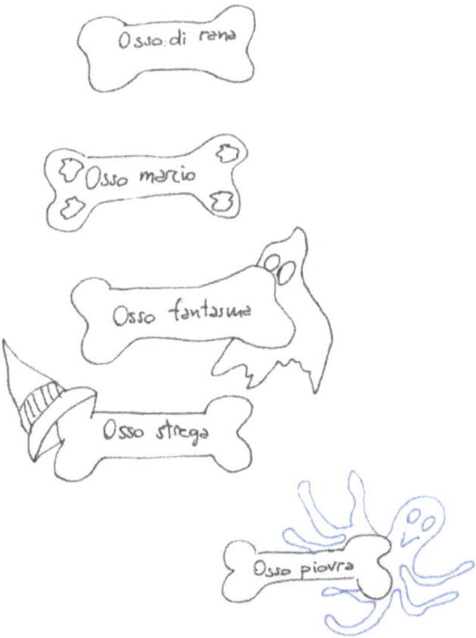

Osso di rena

Osso marzo

Osso fantasma

Osso strega

Osso piovra

DOLCETTI

NO è ancora presto non è ora di merenda.

38

Torna a pagina 31

Deve solo alzarsi e andare a scuola come al solito e attendere...

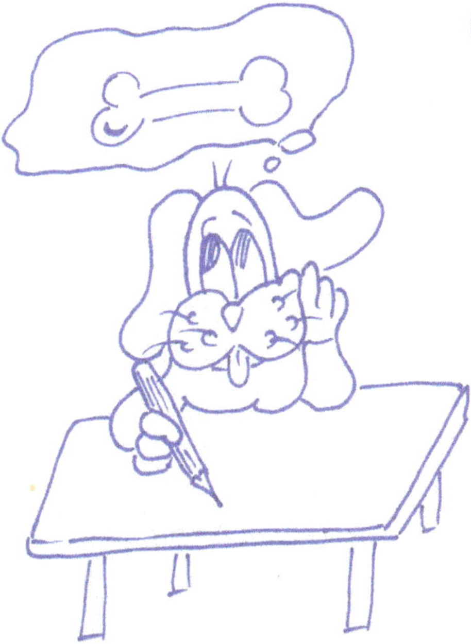

Compila il cruciverba con nomi di COLORI e scopri nelle caselle colorate chi ha vinto.

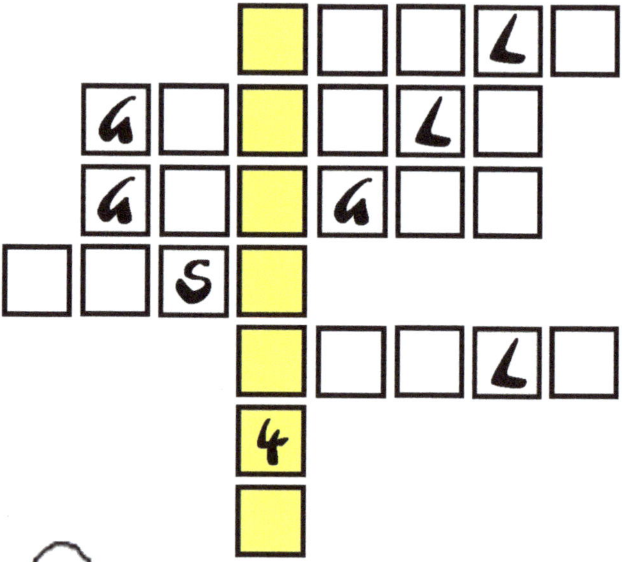

HAI VINTO TU!

SOLUZIONE
Leggi in sequenza le pagine indicate dai numeri dentro le zampette.

14

17

43

26

31

45

Scopri i numeri precedenti della collana dei libri di Dadoll e non perdere i nuovi in arrivo!